HUNDEERZIEHUNG

Das große Hundebuch!

HUNDETRAINING UND WELPENERZIEHUNG

1. Auflage

Inhaltsverzeichnis

Vorwort

Hundeerziehung ist von großer Bedeutung für das Zusammenleben von Menschen und Hunden. Von Anfang an sollte ein junger Hund lernen, welche Stellung er in der Familie einnimmt und wie er sich anderen Menschen oder Hunden gegenüber verhalten sollte. Die Erziehung muss mit Konsequenz erfolgen. Trotzdem soll der Hund die Übungen als Spaß betrachten und Freude am Lernen haben. Aufgaben spielerisch zu lösen und positive Interaktionen zwischen Hund und Halter fördern die Beziehung und die Bindung des Hundes an seine Familie.

Ist ein Hund gut erzogen, kann er seine Familie in fast allen Situationen begleiten. Als geschätztes Familienmitglied wird er in den Alltag integriert. Gut erzogene Hunde sind im Urlaub in den meisten Hotels gern gesehene Gäste. Die Familie hat Freude daran, den Hund auch bei Aktivitäten in der Freizeit dabei zu haben.

Gut erzogene Hunde beherrschen nicht nur die Grundkommandos, wie Sitz, Platz, Hier, bei Fuß und Bleib. Sie sind als geschätzte

Begleiter voll an das Leben Ihrer Familie angepasst.
Wird bei dem Besuch eines Restaurants eine Decke unter dem Tisch ausgebreitet, weiß der Hund, dass dort sein Platz ist. Er wird nicht die Tische anderer Gäste besuchen und um Futter betteln. Damit dem Hund die Situation nicht langweilig wird, kann er mit einem Kauknochen oder speziellem Spielzeug beschäftigt werden.
Doch Hunde können viel mehr lernen als die Grundkommandos. Sie haben ihr ganzes Leben lang Spaß daran, immer wieder neue Aufgaben zu lösen und neue Übungen zu erlernen.
Assistenzhunde sind in der Lage, Gegenstände vom Boden aufzuheben, Lichtschalter zu betätigen, Türen zu öffnen, blinde Personen zu führen oder Krankheiten zu erschnüffeln.
In diesem Buch erhalten Sie Informationen, welche Entwicklungsphasen Hunde im Laufe ihres Lebens durchlaufen und wie die Vierbeiner lernen. Übungen für Grundkommandos werden ebenso vorgestellt wie Anleitungen für komplexere Übungen. Probieren Sie die Übungen gemeinsam mit Ihrem Hund aus und geben

Sie Ihrem Freund die Möglichkeit, neue Dinge zu erlernen. Fördern Sie die geistige Entwicklung Ihres Hundes mit der Durchführung spielerischer Aufgaben.
Genießen Sie ein entspanntes Leben mit einem gut erzogenen Hund an Ihrer Seite.
Und nun wünsche ich Ihnen und Ihrem Vierbeiner viel Spaß bei dem Lesen und Ausprobieren des Buches.

Talentierte Vierbeiner: Was Hunde alles lernen können

Als Welpe lernen Hunde spielerisch den Grundgehorsam. Bei Übungen muss darauf geachtet werden, dass die Tiere sich maximal fünf Minuten konzentrieren können. Ein intensives Training überfordert den Welpen noch. Welpen lernen, auf ihren Namen zu hören, die Wohnung nicht zu verunreinigen, ruhig an der Leine zu gehen und die Kommandos „Nein" und „Aus".

Um die Bindung zu stärken, zeigen Sie dem Welpen ein Leckerchen. Verstecken Sie dieses hinter Ihrem Rücken und sagen Sie den Namen des Hundes. Schaut er zu Ihnen, erhält er die Belohnung. Durch ständiges Wiederholen dieser Übung gewöhnt sich der Hund nicht nur an seinen Namen. Er lernt, dass Sie immer etwas Besonderes für ihn bereithalten. Die Bindung und das Vertrauen zu Ihnen werden gefestigt.
Wichtig ist auch, dem Welpen klarzumachen, dass Beißen schmerzlich ist. Die Beißhemmung ist bei Hunden nicht automatisch vorhanden! Nach zwei bis drei Wochen kann dem Welpen beigebracht werden, dass es kein Drama ist, für kurze Zeit alleine zu bleiben. Ohne große Verabschiedungszeremonien lernt der kleine Hund schnell, dass Sie immer wieder zu ihm zurückkommen. Obwohl der Welpe ihnen überall hin folgt, sollten Sie schon jetzt mit dem Training des Kommandos „Hier" beginnen. Kommt der Hund zu Ihnen, belohnen Sie Ihn mit einem Leckerchen, Kuscheln oder Spielen. Er lernt, dass es sich immer lohnt, Ihrem Ruf zu folgen. Kommt der Hund dann in die Pubertät, sitzt der

Befehl „Hier“ bereits. Das Kommando ist dann stärker als die natürliche Neugier des Hundes.
Ab dem sechsten Monat kann das Training auf die Kommandos „Sitz“, „Platz“, „Bleib“ und „Bei Fuß!“ erweitert werden. Die Hunde können sich besser konzentrieren. Längere Übungen bis zu 15 Minuten sind möglich. In den Pausen kann der Hund beim Spielen entspannen. Mit dem Training der Grundkommandos wird das Vertrauen des Tieres in den Halter gestärkt. Der Junghund lernt, dass er sich in allen Situationen auf seinen menschlichen Begleiter verlassen kann.
Hunde lernen gerne während ihres ganzen Lebens. Die Erziehung sollte daher in jedem Lebensalter ein Thema sein. Mit geduldigem und konsequentem Training können Hunde unerwünschte Verhaltensweisen auch in alten Jahren noch ablegen.
Junge Hunde sind besonders leicht formbar. Das Training erwachsener Hunde ist etwas schwieriger. Hat ein Hund einmal ein bestimmtes Verhalten erlernt, wird es dauern, bis er dieses wieder ablegt. Geduld und Konsequenz des Halters sind gefragt,

um die Sturheit und Unsicherheit des Hundes zu überwinden.
Spannender und lustiger ist Trickdogging. Hunde lernen außergewöhnliche Tricks. Sie können den Müll hinausbringen, Fahrrad oder Skateboard fahren und mit dem Halter Tanzchoreografien einstudieren. Aufwendige Übungen werden in viele kleine Schritte unterteilt. Sobald der Hund einen Schritt gelernt hat, wird die Übung erweitert. Am Ende beherrscht er einen komplexen Bewegungsablauf. Zum Beispiel können Hunde die Türe des Kühlschranks öffnen und eine Getränkedose apportieren. Die Zeitung wird abgeholt und zu dem Halter gebracht. Ein Skateboard wird durch mehrmaliges Anstoßen mit einem Hinterbein in Schwung gebracht. Der Hund springt auf und fährt eine kurze Strecke.
Doch nicht alle Hunde lernen gleich schnell. Die Intelligenz und geistige Leistung sind stark von der genetischen Veranlagung abhängig. Lernen ist ein komplexer Vorgang. Es bedeutet Anpassung der Verhaltensweisen und ist wichtig für das Überleben eines Tieres. Ein Straßenhund wird andere Dinge lernen als ein Begleithund. Um zu lernen, sollte sich der

Hund wohlfühlen und motiviert sein. Erfolg überzeugt ihn, ein bestimmtes Verhalten immer wieder auszuführen.
Eine weitere wichtige Voraussetzung ist Intelligenz. Jeder Hund ist intelligent. Vor allem die soziale Intelligenz ist bei den meisten Tieren besonders ausgeprägt.
Wichtig für die Hundeerziehung ist, dass Hunde über eine spezielle Art zu lernen verfügen. Sie lernen in kleinen Schritten und in Bildern. Damit die Übung sitzt, müssen im Gehirn viele Verknüpfungen hergestellt werden. Oft sind bis zu 10.000 Wiederholungen eines Schrittes notwendig. Auch in einer Gruppe benötigt ein Hund genügend Abstand (Individualdistanz), um entspannt lernen zu können. Am einfachsten ist Lernen durch Spiel. Jeder Hund ist von Natur aus neugierig und wird neue Dinge untersuchen. Passieren zwei Dinge zur gleichen Zeit, verknüpft der Hund diese Dinge miteinander (kontextbezogenes Lernen). Positive Empfindungen werden mit Orten, Worten oder Situationen verknüpft. Diese Form des Lernens kann gut für Konditionierungen genutzt werden.
Am besten lernen Hunde kurz vor der Schlafenszeit. Sie sind entspannt und das

Gehirn kann die neuen Prozesse während der Nacht gut verarbeiten.
Es bestehen aber durchaus Unterschiede zwischen den Hunderassen. Einige Rassen besitzen weniger Selbstbeherrschung (Impulskontrolle) als andere. Ein hektischer Jack Russell Terrier kann sich schlechter konzentrieren und auf die Erfüllung eines Wunsches warten als ein gelassener Golden Retriever. Impulskontrolle ist auch Charaktersache. Ausgeglichene Hunde gleichen Erziehungsfehler leichter aus als Tiere mit einem überschäumenden Temperament. Durch Erziehung kann das Gehirn des Hundes, vor allem der präfrontale Kortex, beeinflusst werden. Durch Ruhe und Konsequenz lernt der Hund, sein unerwünschtes Verhalten abzulegen. Im Gehirn entstehen durch das Training neue Verknüpfungen. Die Impulskontrolle wird verbessert. Zerren an der Leine oder Hochspringen an Menschen wird nicht mehr ausgeführt.

Bevor es losgeht: Ein hundegerechtes Zuhause

Hundewelpen haben vor ihrem Einzug im Idealfall schon viele Dinge gelernt. Im Spiel mit den Geschwistern haben sich soziale Kompetenzen entwickelt. Die Verständigung mit anderen Hunden ist problemlos möglich. Eventuell kennt der kleine Hund Spaziergänge und ist bereits stubenrein.

In der Eingewöhnungsphase sollte der Welpe nicht lange alleine gelassen werden. Er vermisst seine Mutter und die Geschwister. Die neue Umgebung und Ihre Gerüche sind ihm noch fremd. Deshalb benötigt der Welpe besonders viel Nähe. Der warme und kuschelige Schlafplatz sollte anfangs nahe beim Bett des Halters stehen. Ein T-Shirt mit vertrauten Gerüchen hilft dem kleinen Hund beim Einschlafen. Nach einiger Zeit kann der Schlafplatz immer weiter vom Bett entfernt werden, bis der endgültige Platz erreicht ist.

Der Tagesablauf sollte schon in der Welpenzeit durch geregelte Futterzeiten und

Ausgehzeiten strukturiert sein. Anfangs ist eine Gassi-Runde alle zwei bis drei Stunden notwendig. Später können die Abstände immer mehr ausgedehnt werden.
Der junge Hund muss die Gelegenheit erhalten, seine neue Wohnung ausgiebig zu entdecken. Er sollte alle Räume der Wohnung gezeigt bekommen, damit er die neuen Gerüche aufnehmen kann. Welpen erkunden ihre Umgebung vor allem mit Nase und Mund. Sie kauen an unbekannten Dingen und versuchen, den Geschmack zu erkunden. Da der Welpe den Befehl „Nein" noch nicht immer befolgt, sollten sich empfindliche Gegenstände nicht in seiner Nähe befinden. Giftige Pflanzen dürfen nicht in Reichweite des Hundes aufgestellt werden. Elektrokabel müssen mit Abdeckungen versehen werden, damit das Tier nicht daran kauen kann. Lebensmittel, die für Hunde giftig sind, sollten immer in verschlossenen Schränken aufbewahrt werden. Dasselbe gilt für giftige Putz- und Reinigungsmittel. Kleines Kinderspielzeug, Büroklammern, Wolle, Fäden und ähnliche Dinge sollten nicht auf dem Boden herumliegen. Der Welpe könnte diese verschlucken. Erbrechen und ein

Darmverschluss sind die Folge. Gelangen die kleinen Gegenstände über die Nase in die Lunge, leidet der Welpe unter Atemnot. Gummibänder können sich um Ohren, Schwanz, Zunge oder Pfoten wickeln und die Durchblutung stören. Kaut der Welpe an einem elektrischen Kabel, kann ein tödlicher Stromschlag die Folge sein.
Ein Garten bietet tolle Spielmöglichkeiten. Auch hier müssen giftige Pflanzen entfernt oder gut eingezäunt werden. Der Gartenteich lädt zum Spielen im Wasser ein. Da der Welpe noch nicht richtig schwimmen kann, ertrinkt er im tieferen Wasser.
Um die Umgebung für den jungen Hund sicher zu gestalten, kann ein eingezäunter Welpenauslauf eingerichtet werden.
Da der kleine Hund in den ersten Monaten möglichst wenig Treppen steigen soll, muss die Treppe mit einem Schutzgitter versperrt werden. Spezielle Hundegitter hindern den Hund daran, Treppen und Räume zu betreten, in denen Gefahren lauern.
Zwischen den Spielen und den Erkundungen benötigt der Welpe Zeit zur Erholung. Ideal ist ein geschützter Ruheplatz, an den er sich jederzeit zurückziehen kann. Dazu kann

eine Hundebox, ein Hundekorb oder ein Hundebett verwendet werden. Eine kuschelige Decke und ein erhöhter fester Rand erhöhen den Liegekomfort. Spielzeug sorgt für Abwechslung. Von dem Ruheplatz aus kann der Welpe seine Umgebung weiter beobachten oder entspannt eindösen. Die Couch sollte von Anfang an verboten sein. Der Hund fordert sonst das Privileg auch im Erwachsenenalter ein.
Der Welpe sollte aber nie an seinem Rückzugsort eingesperrt werden. Er muss jederzeit die Gelegenheit haben, seinem Bewegungsdrang nachzugeben und wieder herumzulaufen.
Futter- und Wasserschüssel sollten immer am gleichen Ort stehen. An diesem Platz darf der Hund fressen, ohne gestört zu werden. Eine waschbare Unterlage schützt den Boden vor Verschmutzungen.
Befinden sich noch andere Tiere, die der Welpe beim Züchter noch nicht kennengelernt hat, in der Wohnung, darf er anfangs mit den neuen Spielgenossen nicht alleine bleiben. Erst wenn alle Freundschaft geschlossen haben, ist auch ein unbeaufsichtigtes Spielen möglich.

Für ein hundegerechtes Zuhause sind geregelte Tagesabläufe wichtig. Spaziergänge und Fütterungen sollten immer zu den gleichen Zeiten stattfinden. Normalerweise dauert es bis zu acht Wochen, bis sich der Welpe an seine neue Umgebung gewöhnt hat. Besuche von anderen Personen können schon nach zwei Wochen stattfinden. Je hundegerechter die Umgebung gestaltet ist, umso schneller wird sich der Welpe daran gewöhnen.

Checkliste:

- Sicherung von Elektrokabeln und Steckdosen
- Sicherung von Treppen und gefährlichen Räumen mit einem Schutzgitter
- Fixer Fütterungsplatz
- Ruhiger Rückzugsort
- Schlafplatz in der Nähe des Halters
- Umzäunung des Gartenteichs
- Entfernung von giftigen Pflanzen
- Giftige Nahrungsmittel nur in verschlossenen Schränken aufbewahren

- Putz- und Reinigungsmittel in verschlossenen Schränken aufbewahren
- Keine Kleinteile herumliegen lassen
- Empfindliche Gegenstände nicht in die Reichweite des Welpen stellen
- Gesicherter Hundeauslauf

Die Lebensphasen des Hundes beachten

1. Neonatale Phase

In den ersten beiden Lebenswochen sind die Ohren und Augen geschlossen. Der Welpe ist nur auf die Nahrungsaufnahme konzentriert.

2. Übergangsphase

Ab der dritten Lebenswoche öffnen sich die Augen. Der Welpe beginnt, seine Mutter und die Geschwister zu erkennen.

3. Sensible Phase

Nachdem sich Nase, Ohren und Augen entwickelt haben, lernt der kleine Hund durch die verschiedensten Sinneseindrücke seine Umgebung kennen. Durch Spiele mit der Mutter und den Geschwistern wird die Rangordnung ausgetestet. Die individuelle Persönlichkeit und das Temperament des Welpen werden geprägt.

Fehlt in dieser Zeit der Kontakt zu anderen Hunden, treten später Verhaltensstörungen auf. Der Welpe muss mit verschiedenen Situationen positiv in Kontakt gebracht werden. Lernt der Hund in dieser Phase andere Tiere kennen, wird er später kein Problem mit ihnen haben. Der Kontakt zu Menschen muss jetzt gefördert werden. Der Welpe lernt, dass auch Menschen mit Regenschirmen, Stöcken, Kinderwägen oder in Rollstühlen keine Bedrohung darstellen. Damit der Hund später nicht unter Allergien leidet, sollte er in dieser Lebensphase mit vielen verschiedenen Futtermitteln Bekanntschaft machen.

Ab der vierten Lebenswoche entwickelt sich die Hundesprache. Die Welpen winseln, wedeln, bellen, stellen die Fellhaare auf und knurren. Im spielerischen Umgang mit den Wurfgeschwistern lernen sie, andere Hunde

zu verstehen und sich selbst auszudrücken. Die Mutterhündin beginnt, die Welpen zu erziehen. Diese werden bei Fehlverhalten umgeworfen oder die Mutter umfasst die Schnauze der Welpen mit ihrem Fang.
Mit der fünften Lebenswoche treten die ersten ängstlichen Reaktionen auf. Der Welpe wird sich bewusst, dass in seiner Umgebung auch Risiken lauern. Der Züchter vermittelt in dieser Lebensphase den Welpen ruhig, dass unbekannte Gegenstände nicht gefährlich sind. Der Hund entwickelt innere Sicherheit und beginnt, Unbekanntes zu untersuchen und zu beurteilen.
Die Prägephase abgeschlossen.

4. Sozialisierungsphase

Zwischen der achten und der zwölften Lebenswoche lernt der Welpe seine neue Familie kennen. Spielen und Erziehung zur Stubenreinheit stehen an erster Stelle. Viel Körperkontakt stärkt die Bindung.

Stubenreinheit

Der Welpe sollte nie gestraft werden, wenn er in der Wohnung Harn oder Kot absetzt. Er ist nicht in der Lage, alle Körperfunktionen zu beherrschen. Am besten wird der Hund nach dem Fressen und Trinken und dazwischen alle zwei Stunden nach draußen gebracht. Verrichtet er sein Geschäft an einer ruhigen Stelle im Freien, erhält er eine Belohnung. Setzt der Hund in der Wohnung Harn oder Kot ab, wird er aus dem Zimmer gebracht, bevor die Exkremente beseitigt werden. So erhält er nicht den Eindruck, dass sich der Rudelführer um alles kümmert. Er wird sich bemühen, die Wohnung nicht zu verschmutzen.
Wichtig: Es ist absolut nicht angebracht, Hunden in diesem Fall mit der Zeitung zu drohen oder sie zu bestrafen. Die Welpen verlieren nur das Vertrauen in den Halter. Der Lernerfolg wird durch Strafen verzögert.

5. Rangordnungsphase

Ab der 16. Woche beginnt der Welpe, seinen Rang auszutesten. Jetzt muss die Erziehung besonders konsequent und liebevoll durchgeführt werden. Der Hund lernt, Bahn und Bus zu fahren und sich auch in größeren Ansammlungen von Menschen sicher zu bewegen.

6. Pubertät

Ab dem sechsten Monat kommt der Hund in eine sechswöchige Pubertät. Er verhält sich störrisch und lernt nur ungern. In dieser Phase ist spielerisches Lernen mit häufigen Wiederholungen besonders wichtig.

7. Der erwachsene Hund

Hunde sind zwischen acht Monaten und 1,5 Jahren ausgewachsen. Hündinnen werden läufig, Rüden markieren. Der Spieltrieb bleibt erhalten. Gemeinsame Kuschelstunden stärken die Beziehung.

8. Der Senior-Hund

Zwischen dem achten und zehnten Lebensjahr lassen Gehör und Sehschärfe nach. Die Spiele müssen dem individuellen Bewegungsbedürfnis im Alter angepasst werden.
Die Dauer der einzelnen Phasen ist bei jedem Hund individuell unterschiedlich. Hunde lernen gerne ihr ganzes Leben lang. Sie sind nie zu alt, um neue Tricks oder Verhaltensweisen zu erlernen.

Hundeerziehung in der Praxis

Nach viel Theorie können Sie jetzt in die Praxis eintauchen. Hier finden Sie Beispiele dafür, wie Sie Ihren Hund zu einem vollwertigen Familienmitglied erziehen können. So haben Sie in jeder Alltagssituation einen treuen Begleiter an Ihrer Seite.

1. Regeln schaffen

Regeln aufzustellen, ist eine Sache. Es kommt aber auch darauf an, dass sich Ihr Hund an die Vorgaben hält. Schließlich sind alle für die Einhaltung der „Hausordnung" verantwortlich.
Der Hund ist das einzige Tier, das den Menschen als vollwertigen Partner anerkennt, da ein Rudel und ein Familienverband sehr ähnliche Strukturen haben. Die Rollen sind deutlich verteilt. Die Schwächeren werden von den Stärkeren beschützt und versorgt. Nachkommen

werden liebevoll von allen erwachsenen Mitgliedern aufgezogen. Da der Hund aber nicht wie ein Kind einmal das Zuhause verlassen soll, müssen genaue Regeln für ein jahrelanges Zusammenleben festgesetzt werden. Auch wenn manchmal Ausnahmen gemacht werden, sollte dies nicht zu häufig passieren. Oftmalige Abweichungen verunsichern das Tier. Kann der Vierbeiner seinen Halter nicht mehr beim Wort nehmen, wird auch sein Vertrauen geringer. Ein souveräner Partner und Anführer bedeutet aber nicht Gewalt und Härte. Im Gegenteil: Die Bindung durch die unsichtbare Leine basiert auf Vertrauen und Liebe. Regeln sind also nicht nur Verbote. Respekt bedeutet, auch die Eigenheiten eines Hundes zu akzeptieren und ihn nicht in ausweglose Situationen zu führen.

1.1 Kennenlernen anderer Hunde

Der Welpe kommt das erste Mal auf die Hundewiese. Hier befinden sich schon einige große Hunde. Jetzt sollte der junge Hund nicht einfach gezwungen werden, mit den anderen Tieren in Kontakt zu treten. Diese können auf den Kleinen bedrohlich wirken.

Lässt der Halter den Welpen in dieser Situation alleine und zieht sich zurück, lernt der Hund nur eines: Auf meinen Begleiter ist kein Verlass. In schwierigen Situationen bin ich auf mich allein gestellt. Besser ist es, den Hund aus dieser unangenehmen Situation zu befreien. Erste Kontakte sollten nur kontrolliert mit ein bis zwei bekannten Hunden erfolgen.

1.2 Lernen des Namens

Damit der Welpe seinen Namen erkennen kann, muss er ihn oft hören. Und den Namen hören sollte immer auch bedeuten, den Menschen anzuschauen. Das Namenstraining sollte immer in einer ruhigen Umgebung erfolgen, in der der Hund nicht durch andere Dinge abgelenkt wird. Jede Handlung, die nach der Nennung des Namens durchgeführt wird, muss für den Welpen eine positive Belohnung sein. Das Namenstraining muss jeden Tag mehrmals wiederholt werden. Dabei sollten Sie darauf achten, dass die Belohnung abwechslungsreich gestaltet wird. So bleibt die Übung für den Hund spannend.

Bei der Namensgebung sollte darauf geachtet werden, dass der Name von dem Hund leicht erkannt werden kann. Kurze Namen mit Endungen auf -i wecken die Aufmerksamkeit des Tieres eher als lange, komplizierte Konstruktionen.

1.3 Stubenreinheit

Anfangs wird der Welpe noch zeitweise Harn und Kot in der Wohnung absetzten. Dafür sollte er nicht bestraft werden. Wird er als Reaktion auf das Fehlverhalten mit der Hand oder einer Zeitung bedroht, verliert er nur das Vertrauen in den Halter. Besser ist es, die Hinterlassenschaften kommentarlos zu beseitigen. Geben Sie dem Hund die Möglichkeit, sich draußen zu entleeren. Da der Welpe seine Körperfunktionen noch nicht beherrschen kann, muss er alle zwei bis drei Stunden ins Freie gebracht werden. Für den Spaziergang sollte eine ruhige Strecke ausgewählt werden, auf der der Hund nicht zu sehr durch seine Umgebung oder Begegnungen mit anderen Hunden abgelenkt wird. Erleichtert er sich auf der Wiese oder einem dafür vorgesehenen Ort, sollte innerhalb von wenigen Sekunden ein Lob folgen. Streicheln oder ein Leckerchen zeigen dem Welpen, dass er alles richtig gemacht hat. Nach wenigen Wochen kann der Vierbeiner seine Schließmuskeln kontrollieren und er hat verstanden, dass er melden sollte, wenn er ins Freie will. Einige Hunde sind schon bei dem Züchter stubenrein geworden. Andere benötigen dazu zwei bis acht Wochen. Hier bestehen große individuelle Unterschiede. Durch Zwang oder Strafen wird die Stubenreinheit nur verzögert.

1.4 Schlafkorb statt Bett benutzen

Viele Menschen lieben es, gemeinsam mit ihrem Hund in einem Bett zu schlafen. Und ein gepflegter und gesunder Hund stellt kein hygienisches Problem dar. Wichtig ist, dass der Halter die Regeln für die Benutzung des Bettes aufstellt. Dieses darf zum Beispiel nur gemeinsam in der Nacht genutzt werden, oder wenn die Hundedecke darauf ausgebreitet ist. Wenn keine Allergie vorhanden ist, spricht nichts gegen gemeinsame Kuscheleinheiten in der Nacht. Bedacht werden sollte allerdings auch, dass ein Hund im Alter unkontrolliert Harn verlieren kann. Wird das Privileg wieder entzogen, enttäuscht das den Hund.

Breiten Sie die Hundedecke auf dem Bett aus und fordern Sie den Hund dazu auf, auf das Bett zu springen. Loben Sie ihn, wenn er es sich auf der Decke bequem gemacht hat. Rufen Sie den Hund in der Nacht aktiv zu sich ins Bett. Fordern Sie ihn dazu auf, sich hinzulegen und belohnen Sie ihn.

1.5 Wie bringen Sie dem Hund bei, nicht auf dem Gehweg Harn und Kot abzusetzen?

Am Anfang lernt ein Welpe nur, Harn und Kot nicht in der Wohnung abzusetzen. Am besten eignet sich für die Verrichtung eine Parkanlage oder eine ruhige Wiese in der Umgebung. Setzt der Hund Kot auf dem Gehweg ab, sollte er mit einem „Nein" sanft in das Rinnsal gesetzt werden. Setzt er dort weiter Harn oder Kot ab, belohnen Sie ihn immer sofort nach dem Vorgang. Leider lässt es sich bei Rüden nicht immer verhindern, dass diese Markierungen an Bäumen oder Häuserecken setzen. Das Markierverhalten dient zur Kennzeichnung des Reviers und als Information für andere Hunde.

Es wird mehrere Wochen dauern, bis der Hund gelernt hat, an welcher Stelle er Harn und Kot absetzen darf.

1.6 Leine und Halsband anlegen

Halsband und Leine bedeuten für den Hund etwas Besonderes. Der abwechslungsreiche Spaziergang beginnt. Vor lauter Aufregung kann der Hund kaum ruhig sitzen. Er beißt in die Leine und das Anlegen des Halsbandes wird zu einer echten Herausforderung.
Spielen Sie mit dem Hund, bevor Sie die Leine anlegen. Geben Sie ihm ein Leckerchen. Ist er mit Kauen beschäftigt, können Sie das Halsband und die Leine leicht anlegen. Gehen Sie nicht sofort nach dem Anlegen der Leine hinaus. Schicken Sie den Hund auf seinen Platz und lassen Sie ihn zur Ruhe kommen. Wiederholen Sie diese Übung mehrmals. Erst wenn sich der Hund Halsband und Leine ruhig anlegen lässt, gehen Sie mit ihm hinaus.
Für Welpen ist das Laufen an der Leine eine echte Herausforderung. Der kleine Hund sieht und hört viele unbekannte Dinge. Ist er verunsichert, wird er sich immer wieder

setzen und sich weigern weiterzulaufen. Lenken Sie in dieser Situation Ihren Vierbeiner mit Spielzeug und einem Leckerchen ab. Locken Sie ihn mit dem Leckerchen immer ein Stück weiter. Bald wird Ihr Hund so sicher sein, dass er sich problemlos auch im Stadtverkehr bewegen kann.

1.7 Autofahren

Müssen weitere Strecken zurückgelegt werden, lassen sich Fahrten mit dem Auto oft nicht vermeiden. Bei jungen Hunden ist das Innenohr, in dem sich das Gleichgewichtsorgan befindet, noch besonders empfindlich. Die Bewegungen des Autos verursachen Nervosität und Übelkeit. Das rasche Vorbeiziehen der Umgebung kann von dem Junghund nicht mit dem ruhigen Sitzen im Auto verknüpft werden. Jedes Erbrechen ist für den Hund besonders unangenehm. Er macht dafür das Auto verantwortlich und weigert sich einzusteigen.
Deshalb ist es wichtig, den Hund langsam an Fahrten mit dem Auto zu gewöhnen. Legen Sie ein Leckerchen auf den Rücksitz

und fordern Sie den Hund auf, auf die Rückbank zu springen. Schließen Sie die Autotüre nur kurz. Öffnen Sie die Türe und belohnen Sie Ihren Hund. Wiederholen Sie diese Übung, bis der Hund ohne Angst in das Auto einsteigt Sichern Sie Ihren Hund nach einiger Zeit mit einem eigenen Sicherheitsgeschirr für Fahrzeuge. Fahren Sie zuerst nur kurze Strecken. Die Fahrzeit sollte maximal fünf Minuten betragen. Mit der Zeit können Sie die Fahrten immer länger ausdehnen. Sollte Ihr Hund besonders empfindlich reagieren, können Sie ihn auch in einer Transportbox, die in den Kofferraum gestellt wird, sichern. Stellen Sie die Transportbox zuerst offen in der Wohnung auf und legen Sie Futter hinein. Sobald sich Ihr Hund an die Box gewöhnt hat und ohne Angst ein- und ausgeht, stellen Sie die Box in den Kofferraum. Fordern Sie den Hund auf, in die Box zu springen, und schließen Sie die Türe. Öffnen Sie diese nach kurzer Zeit wieder und belohnen Sie Ihr Tier.

1.8 Verhalten in Bahn und Bus

In öffentlichen Verkehrsmitteln sollte ein Hund mit einem Maulkorb ruhig an der Seite seines Besitzers sitzen. Dazu muss er die Grundkommandos „Sitz" und „Platz" beherrschen. Steigen Sie mit Ihrem Hund in die Bahn und setzen Sie sich an einen ruhigen Platz. Geben Sie das Kommando „Sitz". Belohnen Sie Ihren Hund durch den Maulkorb mit einem Leckerchen. Halten Sie ihn kurz an der Leine und sprechen Sie beruhigend mit ihm. Steigen Sie nach einer Station wieder aus. Wiederholen Sie die Übung mehrmals.

1.9 Maulkorb anlegen

Zeigen Sie Ihrem Hund den Maulkorb. Geben Sie Futter hinein und lassen Sie den Hund aus dem Maulkorb fressen. Hat sich der Hund an den Korb gewöhnt, schieben Sie diesen einmal kurz über die Schnauze. Nehmen Sie den Beißkorb sofort wieder ab und belohnen Sie Ihren Hund. Führen Sie diese Übung mehrere Tage durch. Mit der Zeit können Sie den Riemen im Nacken schließen und die Tragezeit verlängern.
Wichtig ist es, einen gut sitzenden Maulkorb auszusuchen. Der Korb darf den Fang nicht

zu eng umschließen. Der Nasenriemen sollte nicht an den Augen reiben. Mit angelegtem Maulkorb muss der Hund bequem hecheln und trinken können. Der Nasenspiegel sollte noch einen Zentimeter Freiraum haben.

1.10 Keine fremden Leute anspringen

Hochspringen ist ein Welpenverhalten, das auch bei älteren Hunden auftritt. Durch Anspringen der Mutterhündin fordern die jungen Hunde diese auf, Futter herauszuwürgen. Dieses Verhalten wird auch Menschen gegenüber später beibehalten.
Springt Ihr Hund an Ihnen hoch, sagen Sie bestimmt „Nein" und drehen sich sofort zur Seite. Lassen Sie nicht zu, dass sich der Hund an Ihnen abstützt. Schieben Sie ihn konsequent wieder nach unten. Befinden sich wieder alle vier Pfoten des Tieres auf dem Boden, belohnen Sie Ihren Hund. Mit der Zeit lernt er, dass das Hochspringen keinen Erfolg hat. Er wird dieses Verhalten aufgeben.

1.11 Nicht betteln

Hunde sollten nicht mit menschlichem Essen gefüttert werden. Die enthaltenen Gewürze verursachen Verdauungsstörungen und Nierenschäden. Einige Inhaltsstoffe sind für Hunde sogar giftig. Damit der Hund bei Tisch nicht bettelt, sollte von Anfang an konsequent darauf geachtet werden, dass er sein Futter zu bestimmten Zeiten an seinem Platz erhält. Schicken Sie den Hund vor dem Essen zu seinem Liegeplatz. Verhindern Sie, dass er sich direkt neben dem Tisch aufhält und Sie mit Winseln und Stupsern traktiert. Verlässt Ihr Hund immer wieder seinen Platz, um sich dem Tisch zu nähern, sollten Sie ihn aus dem Zimmer schicken. So lernt er, dass er während des Essens nichts am Tisch zu suchen hat. Bleibt der Hund längere Zeit in seinem Körbchen, belohnen Sie ihn dort mit einem besonderen Leckerbissen.

2. Kommandos

Um ein reibungsloses Zusammenleben von Menschen und Hunden zu ermöglichen, muss der Hund lernen, einige Kommandos zu befolgen.

- Sitz
- Platz
- Bleib
- Gib Laut
- Ruhig
- Aus oder Nein
- Gib Pfote
- Bring

Mit dem Training der ersten Kommandos kann schon im Welpenalter begonnen werden.

2.1 Sitz

Zeigen Sie dem Welpen ein Leckerchen. Führen Sie dieses von der Schnauze zwischen den Augen über den Kopf. Der kleine Hund möchte dem Leckerchen folgen. Da er den Kopf nicht weit genug nach hinten neigen kann, muss er sich setzen, um das Leckerchen im Auge zu behalten. Hat sich der Hund gesetzt, geben Sie ihm sofort das Leckerchen. Wiederholen Sie diese Übung mehrmals täglich.

Beherrscht Ihr Hund das Kommando, können Sie eine weitere Übung in Angriff nehmen. Führen Sie nie verschiedene Übungen zur gleichen Zeit durch. Ihr Tier wäre überfordert.

2.2 Platz

Zeigen Sie Ihrem Hund die Belohnung. Schließen Sie Ihre Hand um das Leckerchen und führen Sie diese nach unten auf den Boden. Ihr Hund wird mit der Schnauze der Hand folgen. Halten Sie das Futter fest, auch wenn er mit der Schnauze versucht, die Hand zu öffnen. Erst wenn sich der Hund hinlegt, um leichter an die Belohnung zu gelangen, geben Sie ihm das Futter. Wiederholen Sie die Übung immer wieder.
Die Befehle Sitz und Platz klingen für einen Hund sehr ähnlich, da er hauptsächlich die letzten Silben hört. Sie können dem abhelfen, indem Sie die Worte Sit und Down verwenden. Jetzt kann der Hund die Kommandos besser unterscheiden.

2.3 Bleib

Geben Sie das Kommando „Platz". Stellen Sie sich vor Ihren Hund und sagen Sie „Bleib". Entfernen Sie sich einige Schritte von Ihrem Hund. Steht er auf und läuft Ihnen nach, bringen Sie ihn wieder zu dem Ausgangspunkt zurück und beginnen von Neuem mit der Übung. Mit der Zeit werden Sie sich einige Meter von dem Vierbeiner entfernen können. Drehen Sie sich um und rufen Sie den Hund zu sich. Belohnen Sie Ihren vierbeinigen Begleiter.

2.4 Gib Laut

Diese Übung ist für fortgeschrittene Hunde gedacht. Warten Sie, bis Ihr Hund kurz bellt. Sagen Sie „Gib Laut" und belohnen Sie den Hund. Nach mehreren Wiederholungen wird er den Befehl mit der Lautäußerung verbinden und nur mehr auf Befehl bellen.

2.5 Aus oder Nein

Möchten Sie eine Handlung des Hundes verhindern, sagen Sie Aus oder Nein. Dieser

Befehl kann in vielen Situationen genutzt werden.
Spielt der Hund zu wild und beißt in die Hand, sagen Sie Aus und beenden gleichzeitig das Spiel. Hat sich Ihr Vierbeiner beruhigt, rufen Sie ihn zu sich und beginnen Sie wieder mit dem Spiel. So lernt Ihr Hund, dass es sich lohnt, sanfter zu spielen. Hier werden zwei Dinge miteinander verbunden. Die Strafe besteht in der Beendigung des Spiels. Gleichzeitig lernt der Hund, dass er weiterspielen kann, wenn der Befehl Aus befolgt wird.
Junge Hunde kauen gerne an Schuhen. Um eine Beschädigung der Schuhe zu verhindern, sollten Sie Ihrem Welpen schnell den Befehl Aus beibringen. Setzen Sie sich zu dem Welpen auf den Boden. Warten Sie, bis er beginnt, mit den Schuhen zu spielen. Sagen Sie Nein und schubsen Sie den Welpen sanft von dem Schuh weg. Der Welpe lernt so, dass Schuhe tabu sind.

2.6 Ruhig

Bellt ein Hund ständig, gibt es schnell Ärger mit den Nachbarn. Um die Lautäußerungen zu unterbinden, eignet sich das Kommando

„Ruhig". Bellt Ihr Hund, ist es wichtig, ihn zu ignorieren. Viele Hunde bellen, um die Aufmerksamkeit des Halters auf sich zu lenken. Sagen Sie maximal einmal Ruhig und schenken Sie dem weiteren Bellen Ihres Hundes keine Aufmerksamkeit. Hat er aufgehört zu bellen, sagen Sie noch einmal Ruhig und belohnen den Hund.

2.7 Gib Pfote

Umschließen Sie Futter mit der Hand. Halten Sie die Faust dem Hund hin. Der Hund wird versuchen, die Faust mit der Pfote zu öffnen. Sobald seine Pfote Ihre Hand berührt, öffnen Sie diese und geben dem Hund das Leckerchen. Gleichzeitig nutzen Sie die Worte „Gib Pfote". Benutzen Sie jetzt beide Hände. Nehmen Sie die Belohnung in eine Hand und halten Sie die andere Hand offen dem Hund hin. Sobald er mit der Pfote die Hand berührt, sagen Sie „Gib Pfote" und geben ihm das Leckerchen.

2.8 Bring

Viele Hund apportieren gerne. Bei einigen Rassen existiert dafür sogar eine genetische

Veranlagung (Labrador Retriever, Vorstehhund). Andere eignen sich weniger für diese Übung.
Nehmen Sie ein Futterdummie. Zeigen Sie Ihrem Hund das Dummie. Öffnen Sie es und geben Sie dem Hund daraus einige Leckerchen. Legen Sie das Dummie auf den Boden. Ihr Hund wird daran schnüffeln. Belohnen Sie ihn wieder. Legen Sie den Futterbeutel in einiger Entfernung auf den Boden. Leinen Sie den Hund an und lassen Sie ihn zu dem Dummie laufen. Sobald er es im Mund hält, dirigieren Sie ihn mit dem Befehl Bring zu Ihnen. Nehmen Sie das Dummie aus dem Mund des Hundes und belohnen Sie ihn. Wiederholen Sie die Übung, bis der Hund von sich aus das Dummie zu ihnen bringt.

2.9 Steh

Diese Anweisung ist vor allem im Strassenverkehr immer wieder wichtig. Ihr Hund soll nicht auf die Straße stürzen, sondern an der Kante des Gehsteigs stehen bleiben.
Bleiben Sie mit dem angeleinten Hund immer an der Gehsteigkante stehen. Ist Ihr

Hund unruhig und möchte auf die Straße laufen, können Sie das Kommando Sitz nutzen. Sobald Ihr Hund ruhig stehenbleibt, erhält er eine Belohnung. Führt Ihr Hund die Übung automatisch aus, können Sie diese mit dem Kommando "Steh" verbinden. Belohnen Sie Ihren Hund immer, wenn er vor einer Straße anhält. Auch wenn Ihr Hund die Übung beherrscht, sollten Sie sich nicht auf seine Verkehrssicherheit verlassen. Hunde können die Geschwindigkeit der Autos nur schwer abschätzen. Führen Sie Ihren Hund im Straßenverkehr daher immer kontrolliert an der Leine.

Damit die Kommandos auch sitzen, müssen sie immer wieder wiederholt werden. Erst ständiges Üben macht den Meister. Am besten werden jeden Tag fixe Übungszeiten eingeplant. Legen Sie immer nach längstens 30 Minuten eine Pause ein, in der sich der Hund entspannen kann.

3. Das Clicker Training

Clicker Training unterstützt auf positive Weise das Lernen eines Hundes. Das Tier wird auf ein Geräusch konditioniert, das im weiteren Verlauf des Trainings die Belohnung darstellt. Verhalten, das sich für den Hund lohnt, wird häufiger ausgeführt. Jede Trainingseinheit stellt ein positives Erlebnis dar. Die Intelligenz und die Denkleistung des Hundes werden gefördert. Er wird sich immer wieder an neuen Aufgaben versuchen wollen. Je größer die Erfolge des Hundes sind, umso lieber wird er an dem Training teilnehmen.

Wie funktioniert die Konditionierung?

Bei der Konditionierung wird zwischen der klassischen und der operanten Konditionierung unterschieden. Der bekannteste Versuch der klassischen Konditionierung ist der Pawlowsche Hund. Beim Ertönen einer Glocke erhält der Hund Futter. Der Geruch des Futters setzt die Speichelproduktion in Gang. Nach einigen Versuchen erhöhte sich der Speichelfluss beim Geräusch der Glocke, ohne dass der Hund Futter bekam. Der Klang der Glocke ersetzte den Geruch des Futters.
Bei der klassischen Konditionierung werden also zwei Reize miteinander verbunden. Der

Klang der Glocke wird mit dem unkonditionierten Reiz des Futters verknüpft.
Bei der operanten Konditionierung erfolgt das Lernen durch Erfolg. Ein Tier lernt, dass eine bestimmte Verhaltensweise Vorteile hat, und führt diese daher öfter aus.
Für das Clicker Training wird die klassische Konditionierung genutzt.

Wie wird der Hund auf den Clicker konditioniert?

Für die Konditionierung sind zwei Personen erforderlich. Die eine hält die Leckerchen, die andere den Clicker. Vor dem ersten Training sollte ausprobiert werden, wie der Hund auf den Clicker reagiert. Einige Hunde erschrecken durch das Geräusch. Hier sollte ein leiserer Clicker verwendet werden. Ein multitonaler Clicker mit verschiedenen Tönen ist für die Konditionierung nicht geeignet.
Der Hund sitzt zwischen den beiden Personen. Sobald der Clicker betätigt wird, erhält der Hund ein Leckerchen. Als Belohnung eignen sich kleine Fleischstückchen oder magerer Käse. Dieser

Vorgang wird immer wiederholt. Spätestens nach 15 Minuten muss eine Pause eingelegt werden. Es ist besonders wichtig, in welchem Zeitraum die Belohnung erfolgt. Da Ihr Hund Handlungen mit dem Geräusch nur kurz verknüpfen kann, muss während der Konditionierung das Leckerchen innerhalb von zwei Sekunden nach dem Click angeboten werden.

Auch Welpen können auf einen Clicker konditioniert werden. Da sie sich nur kurz konzentrieren können, darf das Training fünf Minuten nicht überschreiten.

Die Phase der Konditionierung dauert einige Tage bis Wochen. Sie ist beendet, wenn der Hund auf den Clicker und nicht auf die Leckerchen schaut.

Jetzt kann mit den ersten Übungen begonnen werden.

Wie lernt ein Hund mit dem Clicker?

Ist der Hund einmal auf einen Clicker konditioniert, kann er auch schnell belohnt werden, wenn er sich nicht in der Nähe des Halters befindet. Jede Aufgabe wird in viele kleine Schritte unterteilt.

Target Stab

Ein Target Stab ist ein runder Stock mit einem farbig gekennzeichneten Ende. Zeigen Sie Ihrem Hund den Stock. Da er neugierig auf das neue „Ding“ ist, wird er es mit der Pfote und der Schnauze untersuchen. Berührt der Hund den Stab, clicken Sie. Der Hund hat seine Belohnung erhalten. Er wird den Stab jetzt immer öfter mit der Schnauze berühren, um mit einem Click belohnt zu werden. Jetzt kann die Übung erweitert werden. Gehen Sie mit Ihrem Hund ein Stück. Halten Sie den Stab eng an Ihrer Seite. Der Hund wird genau neben Ihnen gehen und versuchen, den Stab mit der Schnauze zu berühren. Gelingt ihm das, wird er mit einem Click belohnt. Auf diese Weise können Sie Ihren Hund dazu bringen, bei Fuß zu gehen und nicht an der Leine zu ziehen.
Ein Target Stab kann auch genutzt werden, um Ihren Hund durch Slalomstangen zu dirigieren oder Richtungswechsel bei verschiedenen Übungen anzuzeigen.

Welche Vorteile hat das Clicker Training?

Das Training kann auf alle Übungen angewendet werden. Die Hunde haben Spaß und führen die Aufgaben gerne aus. Ein Clicker ist ein neutrales Instrument. Er verhält sich immer gleich. Stimmungen des Halters können nicht übertragen werden. Die Belohnung des Hundes ist auch über größere Entfernungen möglich. Der neutrale Reiz des Clickers kann in vielen verschiedenen Situationen genutzt werden. Er kann mit allen Handlungen positiv verknüpft werden.

Kann der Clicker durch andere Handlungen ersetzt werden?

Einige Tiere fürchten sich vor lauten Geräuschen. Hier kann der Clicker durch Schnalzen mit der Zunge oder den Fingern ersetzt werden. Auch ein kurzer Zuruf lenkt die Aufmerksamkeit des Hundes auf Sie.

Was ist der Jackpot?

Es ist wichtig, dass der Hund am Ende des Trainings eine besondere Belohnung erhält. Der Jackpot kann aus mehreren Leckerchen oder intensiven Streicheleinheiten bestehen. Er ist das Zeichen für Ihren Hund, dass das Training beendet ist, und die Freizeit beginnt.

Wie kann der Clicker im Alltag eingesetzt werden?

Fürchtet sich Ihr Hund vor der Begegnung mit fremden, angeleinten Hunden? Ist er schon angespannt, wenn er einen fremden Hund in weiter Entfernung sieht? Sie können dieser Sitaution rechtzeitig begegnen. Sobald Sie einen fremden Hund erkennen, ziehen Sie die Aufmerksamkeit des Hundes auf sich. Dies können Sie durch Schnippen mit den Fingern, Zungenschnalzen oder Verwendung eines Clickers tun. Ihr Hund wird sich sofort auf Sie konzentrieren und den fremden Artgenossen nicht mehr beachten. Belohnen Sie Ihren Hund zusätzlich mit einem Leckerchen, um die Situation noch angenehmer zu machen. Ihr Hund lernt, dass er sich nicht von anderen Tieren ablenken lässt. Sie sind für Ihn interessanter, da er ja von Ihnen etwas Besonderes erhält.

Wie ist ein Clickertraining aufgebaut?

Die Übung wird beschrieben.
Die Übung wird in kleine Einheiten zerlegt.
Die Umgebung muss ruhig sein, damit der Hund nicht abgelenkt wird.
Die einzelnen Schritte müssen langsam erarbeitet werden.
Das Signalwort, das mit der Übung verknüpft werden soll, darf erst angewendet werden, wenn alle Schritte zu 100 % sitzen.
Variable Belohnungen machen die Übung für den Hund interessanter.
Die Clickereinheiten dürfen nicht zu lange dauern, damit Ihr Hund nicht das Interesse an der Übung verliert.
Die Ablenkung kann nach einigen Übungseinheiten langsam gesteigert werden.

Beispiel für eine Clicker Trainingseinheit:
Ihr Hund soll lernen, eine Türe zu öffnen.

Befestigen Sie an der Türklinke ein Seil, das der Hund leicht mit den Zähnen fassen kann. Warten Sie, bis der Hund neugierig das Seil untersucht. Sobald er es mit der Schnauze berührt, belohnen Sie ihn mit einem Click. Führen Sie diesen Teil der Übung solange durch, bis der Hund absichtlich zu dem Seil geht, es berührt und auf den Clicker schaut.

Jetzt können Sie mit dem zweiten Teil des Trainings beginnen. Belohnen Sie den Hund nicht mehr, wenn er das Seil berührt. Er erhält seine Belohnung nur, wenn er das Tauz mit den Zähnen festhält.

Zeigen Sie Ihrem Hund, dass er die Türe durch Zug an dem Seil öffnen kann und belohnen Sie ihn. Ziehen Sie anfangs gemeinsam mit dem Hund an dem Seil. Jedesmal, wenn die Türe aufgeht, erhält er ein Leckerchen.

Sitzt die Übung? Dann können Sie diese mit einem Signalwort verbinden. Sprechen Sie jedesmal, wenn Ihr Hund die Türe öffnet, das Kommando "Mach auf" oder "Öffne" aus.

Wiederholen Sie die Übung mehrmals. Belohnen Sie den Hund nach jeder erfolgreich absolvierten Übung mit einem Click. Am Ende des Trainings erhält er einen Super-Jackpot.

Sie wollen die Übung noch erweitern? Stellen Sie eine Dose in den Kühlschrank

und befestigen Sie das Seil an der Türe des Eisschranks.
Gehen Sie wie bei der vorigen Übung vor. Umfasst Ihr Hund das Seil mit den Zähnen, wird er durch einen Click belohnt. Öffnen Sie die Türe gemeinsam mit Ihrem Hund. Sobald er in der Lage ist, die Übung selbstständig durchzuführen, legen Sie ein Leckerchen auf die Dose in der Türe des Kühlschranks. Ihr Hund wird die Türe öffnen und das Leckerchen bemerken. Zeigen Sie ihm, dass er das Futter von der Dose nehmen darf. Sobald Ihr Hund die Dose berührt, wird er mit einem Click belohnt. Führen Sie diese Übung mehrere Tage lang durch.
Nach dieser Zeit wird Ihr Hund nur mehr belohnt, wenn er die Dose zwischen die Zähne nimmt. Führt Ihr Hund die Übung zuverlässig aus, können Sie das Signalwort "Bring" verwenden. Voraussetzung dafür ist, dass der Hund vorher gelernt hat, zu apportieren. Er wird die Dose aus der Türhalterung ziehen und zu Ihnen bringen.
Bei dieser Übung werden mehrere Elemente verknüpft. Der Hund lernt eine Türe zu öffnen und einen Gegenstand aus dem Kühlschrank zu apportieren. Damit der

Hund schnell lernt, muss die Aufgabe in viele kleine Schritte unterteilt werden. Mit Geduld und konsequentem Training wird es Ihr Hund schaffen, die Aufgabe innerhalb von drei bis vier Wochen zu erlernen.

Durch Clickertraining werden die Intelligenz und die Denkleistung der Hunde gefördert. Sie lernen alleine zu arbeiten und selbstständige Entscheidungen zu treffen. Die Belohnung erfolgt ohne Futter. Der Hund entwickelt auch bei längerem Training kein Übergewicht.
Da Hunde mit Clickertraining sehr schnell lernen, wird dieses auch für das Training von Filmhunden eingesetzt.

4. Belohnungen

Training ohne Belohnung? Warum sollte ein Hund da mitmachen? Er erbringt eine Leistung und möchte dafür auch etwas Besonderes erhalten. Belohnung muss aber unbedingt von Bestechung unterschieden werden.
Bei Bestechung zeigt ein Hund ein bestimmtes Verhalten nur dann, wenn er die Belohnung dabei sieht. Ein Hund wird in der Hundezone vom Halter gerufen. Der Hund hört nicht, weil er andere Dinge oder Hunde eben interessanter findet. Der Besitzer gibt auf und besticht seinen Hund. Er zieht Futter aus der Tasche und zeigt es seinem Hund. Dieser kommt gerannt, weil er das Futter möchte. Der Befehl zählt dabei nicht mehr. Er holt einfach sein Futter ab. Was hat der Hund dabei gelernt? Wenn mein Mensch etwas will, muss er eben mit einer Futtertüte wedeln. Der Befehl ist mir völlig gleichgültig.
Unter Bestechung versteht man also, dass der Hund sein Verhalten nur abspielt, wenn er vorher das Leckerchen sieht.
Bei der Belohnung muss der Hund zuerst das gewünschte Verhalten zeigen und erhält

anschließend seine Belohnung. Während des Verhaltens weiß er noch nicht, welche Belohnung er erhalten wird.
Im vorigen Beispiel würde der Hund seine Leckerchen erst erhalten, wenn er auf Kommando zu seinem Halter zurückgekommen ist.

Womit kann ein Hund belohnt werden?

Die Art der Belohnung unterscheidet sich von Hund zu Hund. Einige Hunde wollen kuscheln, andere spielen, manche bevorzugen Futter.

Arten von Belohnungen

- Futter
- Worte
- Kuscheln
- Spielen
- Superleckerchen
- mit anderen Hunden spielen
- das Lieblingsspielzeug benutzen dürfen
- Ballspiele
- Suchspiele
- frei schnüffeln dürfen

- frei laufen dürfen

Sie sollten immer herausfinden, welche Belohnung am besten zu der Situation und zu dem Hund passt.

Belohnung abhängig von der Situation

Ein Junghund lernt eine neue Umgebung kennen. Hier muss er viele neue Gerüche, Pflanzen und andere Dinge genau erkunden. Trotzdem konzentriert er sich einige Zeit, um die geforderten Übungen auszuführen. Nach dem Training kann die Belohnung folgendermaßen aussehen: Ihr Hund erhält die Möglichkeit, seiner Neugierde nachzugeben. Er darf die Gegend genau erkunden, ohne durch weitere Befehle eingeschränkt zu werden. Nach einiger Zeit wird das Training wieder fortgesetzt.

Bei Rückrufübungen wird am besten ein Lieblingsspielzeug als Belohnung verwendet.

Ist der Hund in einer Situation ängstlich, wird er kein Futter annehmen. Er hat zum Beispiel Angst vor lauten Kindern. Hier können Sie mit dem Hund einfach stehen bleiben und ihn mit Berührungen und

Worten unterstützen. Bleibt er ruhig, beenden Sie die Situation und lassen Sie zu, dass sich der Hund von den Kindern entfernt. Hier besteht das Lob in der Beendigung der Situation.

Lob mit Worten

Hat sich ein Hund richtig verhalten, kann er auch mit Worten gelobt warden: "Brav, guter Hund, das hast du toll gemacht." Zeigen Sie Ihrem Hund, dass er sich Ihren Erwartungen entsprechend verhalten hat. Die Worte sollten immer in einem hohen Tonfall ausgesprochen werden. (Bei Fehlverhalten wird eher eine tiefe Stimmlage genutzt.)

Lob durch Futter

Hat der Hund eine Aufgabe gelöst, kann er mit einem Leckerchen belohnt werden.
Eine Person versteckt sich. Der Hund wird aufgefordert, nach dem Menschen zu suchen. Macht er das Versteck ausfindig, erhält er ein Leckerchen. Am Ende des Trainings wartet immer ein Jackpot in Form eines Superleckerchens auf ihn.

Das Superleckerchen kann auch bei Futtersuchspielen genutzt werden. Es handelt sich um ein besonderes Futter, das Ihr Hund nur selten bekommt. Für das Spiel wird ein Haufen aus Zweigen gebaut. Auch Höhlen in Bäumen können genutzt werden. Zwischen den Zweigen werden die Leckerchen versteckt. Möchte der Hund an das Futter gelangen, muss er erst die Zweige beseitigen. Durch Erreichen der versteckten Leckerchen belohnt sich der Hund selbst.

Lob durch Kuscheln

Einigen Hunden bedeuten Streicheleinheiten mehr als Futter. Haben sie Aufgaben gelöst, können sie durch eine ausdauernde Kuscheleinheit belohnt werden.

Lob durch Spiel

Nach Beendigung der Aufgabe erhält Ihr Hund sein Lieblingsspielzeug und darf alleine oder mit Ihnen damit spielen. Das Spiel sollte aber nicht zu wild ablaufen, da Ihr Hund dadurch Probleme bekommt, das Gelernte zu verarbeiten. Als Belohnung können auch Zerrspiele, Wurfspiele oder Suchspiele eingesetzt werden.

Belohnung mit dem Clicker
Ist der Hund auf einen Clicker konditioniert, kann die Belohnung des erwünschten Verhaltens auch über den Clicker erfolgen.

5. Die Körpersprache des Hundes verstehen und deuten

Hunde verständigen sich nicht nur über Laute. Sie setzen ihren gesamten Körper ein, um ihre Emotionen auszudrücken. Gesten, Mimik, verschiedene Körperhaltungen – alles dient dazu, sich anderen gegenüber auszudrücken.

1 Die Mimik

Das Gesicht des Hundes wird für die lautlose Kommunikation des Hundes genutzt.
Ein entspannter Hund zeigt einen glücklichen Gesichtsausdruck. Die Lippen sind entspannt, die Augen sind geöffnet. Die

Ohren sind abhängig von der Rasse aufgestellt oder hängen entspannt nach unten.
Befindet sich Ihr Hund in einer unbekannten Situation, wird er angespannt und vorsichtig reagieren. Die Ohren bewegen sich nach allen Seiten, um neue Geräuschquellen zu lokalisieren. Der Gesichtsausdruck ist konzentriert. Die Augen sind nach vorne gerichtet, die Pupillen leicht verengt.
Fühlt sich der Hund bedroht, legt er die Ohren nach hinten eng an den Kopf. Die Lefzen werden zurückgezogen. Teilweise sind die Zähne sichtbar. Die Pupillen sind verengt. Der Blick ist konzentriert auf einen Punkt gerichtet.
Wird die Bedrohung nicht beendet, beginnt der Hund zu knurren oder tief zu grollen. Der Fang öffnet sich und die Zähne sind nun deutlich sichtbar.
Kurz vor einem Angriff ist der Mund weit aufgerissen. Die Pupillen weiten sich. Die Ohren sind ganz eng an den Kopf gelegt. Der gesamte Kopf ist nach vorne und leicht nach unten gestreckt. Der Hals ist angespannt.

2 Die Körpergröße

Hunde können, abhängig von der Situation, ihre Körpergröße verändern. Ist ein Hund selbstsicher, steht er aufrecht mit gestreckten Beinen. Die Rute wird nach oben getragen und ist gespannt.
Unsichere Hunde knicken in den Beinen ein. Sie bewegen sich fast kriechend knapp über dem Boden. Der Schwanz wird zwischen den Hinterbeinen durch an den Bauch gedrückt.
Besonders unterwürfige und ängstliche Hunde unterwerfen sich, indem sie sich auf den Rücken legen und Kehle und Bauch präsentieren.
Bei einer Bedrohung versucht Ihr Hund, größer zu erscheinen. Die Haare werden vor allem im Bereich des Nackens und des Rückens aufgestellt. Durch das Aufblasen wirkt der Hund auf seine Rivalen bedrohlicher.
Fühlt sich ein Hund wohl, liegt er mit entspannten Muskeln ausgebreitet auf dem Boden oder in seinem Körbchen. Er streckt sich und zeigt, dass er sich völlig sicher fühlt.

3 Haltung des Kopfes

Ein sicherer Hund trägt seinen Kopf selbstbewusst nach oben. Er beobachtet mit den Augen die gesamte Umgebung.
Wird ein Rivale gesichtet, blickt er diesen direkt an und wartet auf die Reaktion des anderen Hundes. Er zeigt deutlich: Ich habe keine Angst.
Ängstliche Hunde senken den Kopf und nehmen eine eher geduckte Haltung ein.
Ist ein Hund verunsichert, dreht er den Kopf zur Seite und wendet den Blick ab. Als Beruhigungssignale schleckt er über seine Lefzen oder gähnt mit weit geöffnetem Fang.

4. Haltung des Schwanzes

Der Schwanz wird häufig für die Kommunikation genutzt.
Bei selbstsicheren Hunden wird die Rute entspannt nach oben getragen. Die Spitze knickt leicht nach unten.
Ängstliche Hunde klemmen den Schwanz zwischen den Beinen ein.
Ist der Vierbeiner aufgeregt, spannen sich die Muskeln der Rute an. Der Schwanz pendelt von rechts nach links. Diese Aufregung kann sowohl positiv als auch

negativ sein. Der Hund wedelt freudig bei der Begrüßung seines Halters oder der Schwanz peitscht bei einer Bedrohung hin und her.
Ist der Hund wütend, stellt er die Rute steil nach oben auf. Alle Muskeln sind angespannt.

5. Ständiges Laufen
Läuft ein Hund ohne Unterbrechung immer wieder hin und her, ist er aufgeregt. Er fühlt sich unsicher und überfordert. Seine Unruhe äußert sich in ständiger Bewegung. Der Hund kommt nicht zur Ruhe.

Mimik und Körpersprache helfen den Hunden, Streitigkeiten durch Kommunikation zu vermeiden. Kämpfe sollen eher friedlich geklärt werden. Durch verschiedene Signale, die als Drohung, Unterwürfigkeit oder Dominanz gedeutet werden können, macht Ihr Hund seine Position deutlich.
Bei einigen Hunderassen ist eine normale Kommunikation durch Veränderungen des Kopfes und des Körpers nicht mehr möglich. Ein chinesischer Faltenhund kann aufgrund der Falten im Gesicht kaum Augenkontakt

herstellen. Hunderassen mit kurzen Schnauzen sind ebenfalls in ihrer Mimik stark eingeschränkt. Bei einigen Hunden ist die Rute zu einem Stummel zurückgebildet. Eine Kommunikation über die Schwanzsprache ist nicht mehr möglich.

Missverständnisse zwischen Hunden und Menschen

Häufig kommt es durch die unterschiedliche Sprache zu Missverständnissen zwischen Hunden und Menschen. Auch Menschen senden Signale aus, die von den Hunden falsch verstanden werden. Direkter Blickkontakt zum Beispiel, wird von Hunden als Angriff gewertet. Bei Menschen ist dieser ein Zeichen von Zuneigung. Deshalb werden Hunde trainiert, den Menschen direkt in die Augen zu sehen. Ist ein Hund bereits aufgeregt oder wütend, sollten Sie immer stehen bleiben und sich leicht zur Seite drehen. Wenden Sie die Augen ab und vermeiden Sie den direkten Blickkontakt. Laufen Sie nicht davon, da die Bewegung den Jagdtrieb des Hundes weckt.
Sich über einen Hund zu beugen, wird von diesem als unhöflich verstanden. Gehen Sie

bei einem Kontakt immer leicht in die Knie. Strecken Sie nie die Hand von oben zu dem Hund. Er könnte diese Handlung als Angriff auffassen. Halten Sie Ihre Hand mit offener Handfläche dem Hund entgegen. Warten Sie, bis er von selbst auf Sie zukommt und durch Schnüffeln mit Ihnen Kontakt aufnimmt.

6. Die größten Fehler in der Hundeerziehung

Ihr Hund verweigert, Ihren Befehlen zu folgen. Woran kann das liegen? Ist der Hund vielleicht nicht intelligent genug und will nicht lernen? Oder sind Ihre Befehle vielleicht zu missverständlich und können von Ihrem Hund gar nicht richtig gedeutet werden?

In diesem Kapitel lernen Sie häufige Fehler in der Hundeerziehung kennen, die Sie unter allen Umständen vermeiden sollten.

6.1 Ständiges Wiederholen eines Befehls

Bei einem gesunden Hund ist der Gehörsinn gut entwickelt. Ein Kommando muss daher nicht mit lauter Stimme oder mehrmals hintereinander gesprochen werden. Wollen Sie, dass Ihr Hund zu Ihnen kommt, genügt ein einmaliges „Hier". Wiederholen Sie den Befehl in Form einer Dauerbeschallung, wird Ihr Hund nicht zu Ihnen kommen. Er hört ja schließlich, wo Sie sich gerade befinden. Machen Sie auch noch den Fehler, auf Ihren Hund zuzugehen, nimmt dieser an, dass Sie ihm folgen. Warum also sollte er zu Ihnen kommen?
Überschütten Sie Ihren Hund nicht mit Befehlen, die er als solche gar nicht mehr erkennen kann.

6.2 Ihre Körpersprache und der Befehl stimmen nicht überein

Ihr Hund beurteilt nicht nur Ihren gesprochenen Befehl, er reagiert auch auf Ihre Körperhaltung. Erkennt er einen Widerspruch, wird er Ihrem Befehl nicht Folge leisten.

6.3 Inkonsequenz

Achten Sie immer darauf, dass Ihr Hund jeden Befehl ausführt. Brechen Sie nicht eine Übung vorher aus Zeitmangel ab. Wenn Sie das Kommando Sitz geben, muss sich Ihr Hund auch setzen. Es ist nicht ausreichend, wenn er Platz macht. Geben Sie in diesem Fall den Befehl zum Aufstehen, und erteilen Sie das Kommando Sitz erneut. Jede Nachlässigkeit bestärkt den Hund darin, dass er Ihre Kommandos nicht ernst nehmen muss. Er wird diese nur noch ausführen, wenn er gerade Lust dazu hat oder mit einer Belohnung bestochen wird.

6.4 Der Hund wird vermenschlicht

Auch wenn Hunde geliebte Familienmitglieder sind, sollten Sie nicht wie Menschen behandelt werden. Ein Hund ist ein Tier, das eigene Bedürfnisse hat. Beruhigen Sie einen ängstlichen Hund nicht durch Hochheben oder Streicheln. Er wird die Situation als noch schrecklicher einschätzen, da ja auch der Anführer anscheinend beunruhigt ist. Zeigen Sie Gelassenheit und lenken Sie Ihren Hund mit

Kommandos oder anderen Dingen von der vermeintlich bedrohlichen Situation ab.

6.5 Lob ist notwendig

Führt Ihr Hund Aufgaben richtig aus, sollte er dafür gelobt werden. Damit er die Handlung mit dem Lob verknüpfen kann, muss das Lob spätestens zwei bis drei Sekunden nach der Handlung erfolgen. Wird die Belohnung erst später durchgeführt, könnten Sie unabsichtlich eine falsche Handlungsweise belohnen.

6.6 Fehlender Kontakt zu anderen Hunden

Vor allem als Welpe benötigt Ihr Hund Kontakt zu anderen Artgenossen. Nur so kann er richtiges Sozialverhalten lernen und die Hundesprache entwickeln. Macht der kleine Hund jetzt positive Erfahrungen im Spiel mit anderen Tieren, wird er diesen in seinem restlichen Leben freundlich begegnen. Lassen Sie Ihren Welpen aber nie auf einen unbekannten, angeleinten Hund zustürmen. Der Hund könnte krank oder verletzt sein. Vielleicht hat er auch ein

Problem mit anderen Hunden. Zusätzlich ist seine Kommunikationsfähigkeit durch die Leine stark eingeschränkt. Er kann sich im Bedarfsfall nicht zurückziehen und muss den Kontakt über sich ergehen lassen. Ist am Halsband, am Brustgeschirr oder an der Leine eine gelbe Schleife befestigt, wird signalisiert, dass der Hund derzeit Abstand von anderen halten möchte.
Suchen Sie daher immer die Kontakte Ihres Hundes vorher vorsichtig aus.

6.7 Zu wenig Beschäftigung

Achten Sie darauf, Ihren Hund schon im Welpenalter ausreichend zu beschäftigen. Unternehmen Sie viel und erkunden Sie gemeinsam unbekanntes Gelände. Ständiges Spielen kann den Hund auch überfordern. Lange dauernde Ballspiele sorgen nicht nur für die körperliche Auslastung des Hundes. Durch das Training wird Ihr Hund immer fitter. Geistig erhält er aber keine Abwechslung. Er wird zu einem „Ball-Junkie". Sorgen Sie beim Spielen immer für genügend Abwechslung. Ideal ist ein ausgewogener Mix aus Suchspielen, Zerrspielen und Wurfspielen. Achten Sie darauf, dass einige der Spiele für Welpen nicht geeignet sind. Eine zu starke Belastung der Knochen, Gelenke und Bänder kann später zu Problemen mit dem Bewegungsapparat führen.

Quietscher im Spielzeug überfordern Hunde oft. Das durchdringende Geräusch löst ein Suchtverhalten aus. Der Hund kaut immer schneller und länger auf dem quietschenden Spielzeug. Besser ist es, natürliches Spielzeug zu benutzen. Dieses verursacht keine extreme Adrenalinausschüttung und Stress.

6.8 Der Leinenruck

Diese alte Erziehungsmethode ist heute nicht mehr zeitgemäß. Ein Hund muss bei Fehlverhalten nicht durch einen starken Ruck an der Leine zur Räson gebracht werden. Durch den Zug an der Leine verspannen sich die Muskeln im Halsbereich. Bewegungsstörungen treten auf. Bei kleinen Hunden kann durch den Ruck auch eine Luxation des ersten und zweiten Halswirbels ausgelöst werden. Um Lähmungen durch Beschädigung des Rückenmarks zu vermeiden, müssen die

Halswirbel bei einer Operation wieder fixiert werden.

6.9 Ständiges Ziehen an der Leine

Gönnen Sie Ihrem Hund auch Freizeit. Er möchte schnüffeln und über die Gerüche etwas über die neuen Vorkommnisse in seinem Revier erfahren. Schnüffeln gehört zu den natürlichen Bedürfnissen eines Hundes.

6.10 Grobes Verhalten und Strafen

Schlagen Sie Ihren Hund weder mit der Hand noch mit Gegenständen. Gewalt als Strafe ist in der Hundeerziehung absolut tabu. Der Hund wird durch Misshandlungen nicht gehorsamer: Er verliert das Vertrauen in Sie und wird beginnen, Sie zu meiden.

6.11 Verwendung von Erziehungsgeschirren

Zieht Ihr Hund immer noch an der Leine? Im Handel sind Erziehungsgeschirre oder Haltis erhältlich. Meistens sitzen diese so eng, dass der Hund versucht, Schmerzen durch eine Veränderung der Körperhaltung zu vermeiden. Auch Dressurhalsbänder mit

Stacheln verursachen dem Hund Schmerzen. Er geht nah bei Ihnen, um nicht verletzt zu werden.
Auch Sprühgeräte, die am Halsband befestigt werden, sind nicht für die Hundeerziehung geeignet. Der in den meisten Geräten enthaltene Duftstoff beeinträchtigt den Geruchssinn des Hundes für mehrere Stunden.

6.12 Kein Verständnis für die Hundesprache

Lernen Sie Ihren Hund gut kennen. Respektieren Sie seine Bedürfnisse und achten Sie auf seine Kommunikation. Will Ihr Hund Abstand halten, sollten Sie ihm nicht Nähe aufzwingen. Durch Respekt können Sie die Bindung besser stärken als durch Zwang.

6.13 Zu wenig erlernte Grundkommandos

Hat Ihr Hund die Grundkommandos nicht ausreichend gelernt, kann sich das spätere Zusammenleben schwierig gestalten. Der Hund ist in vielen Situationen überfordert.

6.14 Kein Üben der Impulskontrolle

Ihr Hund entdeckt etwas und stürmt ohne Rücksicht darauf zu. Er verfügt über keine Selbstbeherrschung. Führen Sie mit Ihrem Vierbeiner rechtzeitig Übungen durch, die seine Impulskontrolle stärken. Nur ein beherrschter Hund ist auch ein angenehmer Begleiter.

Beziehung zwischen und Hund und Halter verbessern

Hunde sind sehr emotional. Um ein glückliches Hundeleben führen zu können, benötigen sie ein harmonisches Umfeld. Eine enge Bindung an den Menschen sorgt für Ausgeglichenheit und Sicherheit.

Die Bindung kann auf verschiedene Weise aufgebaut werden.

1. Aufbau der Bindung durch Futter

Auch bei Hunden geht Liebe durch den Magen. Fütterung durch die Hand wird von dem Hund als Zuwendung aufgefasst. Unterwegs kann das Futter in einer Gürteltasche getragen werden. Der Hund erhält die Futterstücke, wenn er kleine Übungen ausgeführt hat.

Übung, die Vertrauen aufbaut:

Zeigen Sie Ihrem Hund ein besonderes Leckerchen. Verstecken Sie dieses in der Hand. Rufen Sie den Namen des Hundes und warten Sie, bis er vollständig auf Sie konzentriert ist. Dann erhält der Hund die Belohnung. Diese Übung sollte so oft wiederholt werden, bis der Hund Ihnen automatisch in die Augen schaut, wenn Sie seinen Namen rufen.

2. Aufbau der Bindung durch körperlichen Kontakt

Auch in einem Rudel kuscheln die Hunde miteinander. Sie liegen Körper an Körper und belecken sich gegenseitig das Fell. Durch das Streicheln wird verstärkt das Bindungshormon Oxytocin ausgeschüttet. Durch Kuscheln können Sie Ihrem Hund näherkommen.

3. Aufbau der Bindung durch Spiele

Ausgiebiges Spielen und gemeinsames Herumtollen zeigen Ihrem Hund, dass Sie viele Gemeinsamkeiten haben. Die Bindung wird gestärkt.
Ist die Bindung zwischen Halter und Hund in Ordnung, kann Pfote in Hand gearbeitet werden. Das Zusammenleben klappt. Doch wie können Sie eine schlechte Bindung verbessern?

Dominanz – wichtig oder ein Fehler?

In jedem Rudel besteht eine Hierarchie. Die beiden Alphatiere (Wolf und Wölfin) führen das Rudel an und verfügen über die meisten Ressourcen. Trotzdem stehen die anderen Tiere nicht unter ihrer Befehlsgewalt. Es gibt keine Kommandos an rangniedrigere Tiere.
Menschen denken hier anders. Wird ein Befehl nicht befolgt, wird dies häufig auf ein dominantes Verhalten des Hundes geschoben. Weitere Unterordnungsübungen werden durchgeführt. Meistens kann so das Ziel aber nicht erreicht werden. Und ein ständiges Drehen des Hundes auf den Rücken erhöht nur die Gefahr für den Menschen. Daher sollte über ein anderes

Modell nachgedacht werden. Das Rudel ist eine Familie, die zu Beginn nur aus zwei Tieren besteht. Durch Nachkommenschaft erhöht sich die Anzahl der Tiere. Die Rudelstruktur wird nicht durch Dominanz, sondern durch soziopositives Verhalten bestimmt. Jedes Tier weiß, was von ihm erwartet wird und was es von den anderen erwartet. Durch Zärtlichkeiten mit der Schnauze oder Fellpflege wird die Bindung optimiert.

Obwohl sich das Sozialverhalten der Hunde durch das Zusammenleben mit Menschen verändert hat, existieren noch viele Ähnlichkeiten. Man sollte daher nicht von einer Hierarchie sprechen, sondern von einem gemeinsamen Leben, in dem Spielregeln von beiden Teilen eingehalten werden müssen. Die Grundlage dazu wird durch die Kommunikation gebildet. Früher bestanden Regeln wie „der Hund darf nicht als erster durch die Türe gehen" oder „der Hund bekommt sein Futter als letzte". Doch auf die Reihenfolge kommt es nicht an. Legt der Halter die Rahmenbedingungen für den Hund genau fest, kann dieser auch auf der Couch liegen oder zuerst durch die Türe laufen. Dies kann dem Hund zum Beispiel

dadurch verdeutlicht werden, dass er nur auf die Couch darf, wenn seine Decke dort liegt.
Erfährt ein Hund immer wieder aggressives Verhalten (Schütteln, lautes Schimpfen), wird er im Kontakt mit seinem Halter genau so reagieren und knurren oder versuchen zu beißen. Druck von oben kann nie die Lösung des Problems sein.
Vertrauen kann vor allem durch gegenseitigen Respekt erworben werden. Das Ruhebedürfnis des Hundes muss ebenso respektiert werden, wie seine speziellen Vorlieben. Mehr Vertrauen kann nur mit viel Geduld und Zuwendung aufgebaut werden.

Längere Trennung von dem Hund durch Reisen

Kann das Tier nicht auf eine Reise mitgenommen werden, muss eine andere Lösung gesucht werden. Diese kann in einer Betreuung durch eine dem Hund bekannte Personen oder eine Hundepension bestehen. Für den Hund ist diese Situation extrem stressig. Er versteht nicht, warum er zurückbleiben muss. Und er kann auch nicht beurteilen, wann und ob der Halter wiederkommt. Nach dem Urlaub muss das erschütterte Vertrauen also erst wieder neu aufgebaut werden. Der Hund benötigt viel Zuwendung. Die Dauer der Kuschelstunden muss in den ersten Tagen erhöht werden. Gemeinsame Unternehmungen helfen zusätzlich, die Bindung wiederherzustellen. Als Hilfe kann dazu auch das Superleckerchen genutzt werden. Eine ganz besondere Belohnung, die der Hund aus der Hand des Halters erhält. Am besten nehmen Sie sich nach dem Urlaub noch zwei oder drei Tage Zeit, in denen Sie sich ausschließlich Ihrem Vierbeiner widmen können.

Spielerische Erziehung: Beliebte Hundespiele

Hundespiele speziell für Welpen

Die nachfolgenden Spiele sind speziell für Welpen geeignet.

4.9.1 Sitz-Spiel

- ***Schwierigkeitsgrad***: leicht
- ***was wird benötigt***: Leckerchen
- ***wo***: in der Wohnung
- ***Zeit:*** 5 Minuten
- ***was wird erreicht***: Konzentration, stärkere Bindung an den Halter, Gehorsam

Ablauf:

1. Setzen Sie sich zu dem Welpen auf den Boden.
2. Zeigen Sie dem Hund ein Leckerchen.
3. Halten Sie das Leckerchen vor die Schnauze des Hundes.
4. Führen Sie es langsam über den Kopf in Richtung der Ohren.
5. Sobald sich der Welpe setzt, geben Sie ihm das Leckerchen.

Besonderheit: Der Welpe möchte das Leckerchen unbedingt haben. Er wird es mit der Nase verfolgen. Da die Wirbelsäule nicht biegsam genug ist, muss er sich setzen, wenn das Leckerchen nach hinten über seinen Kopf geführt wird.

Profi-Tipp: Welpen können sich nur einige Minuten konzentrieren. Daher sollten zwischen 5-minütigen Übungen immer Spiel- oder Kuschelpausen eingelegt werden.

4.9.2 Bring den Ball

- ***Schwierigkeitsgrad***: mittel
- ***was wird benötigt***: weicher Ball
- ***wo:*** in der Wohnung
- ***Zeit***: 5 Minuten
- ***was wird erreicht***: Apportieren, Stärkung der Bindung

Ablauf:

1. Legen Sie dem Welpen ein Halsband oder Brustgeschirr und eine etwas längere Leine an.
2. Zeigen Sie dem Welpen den Ball und bewegen Sie diesen ruckartig hin und her.
3. Rollen Sie den weichen Stoffball über den Boden.
4. Der Welpe wird dem Ball nachlaufen.
5. Sobald er den Ball mit den Zähnen gepackt hat, rufen Sie den kleinen Hund zurück.
6. Ziehen Sie dabei leicht an der Leine.
7. Fordern Sie den Welpen mit dem Kommando "Gib" dazu auf, den Ball loszulassen. Nehmen Sie dabei den Stoffball sanft aus dem Mund des Hundes.

8. Belohnen Sie den kleinen Hund mit einem Leckerchen.

Besonderheit: Der Welpe lernt spielerisch Apportieren.

Profi-Tipp: Will der junge Hund den Ball nicht loslassen, bieten Sie als Alternative zu dem Stoffball ein Leckerchen an. Geben Sie ihm die Belohnung, sobald er den Ball fallen lässt.
Führen Sie maximal zwei Übungen hintereinander durch. Danach sollte der Welpe durch Kuscheln wieder entspannt werden.

4.9.3 Impulskontrolle-Spiel

- ***Schwierigkeitsgrad***: mittel
- ***was wird benötigt***: Leckerchen
- ***wo:*** in der Wohnung
- ***Zeit***: 5 Minuten
- ***was wird erreicht***: Konzentration, Beherrschung

Ablauf:

1. Legen Sie ein Leckerchen direkt vor dem Hund auf den Boden.
2. Lassen Sie den Welpen vor dem Futter sitzen.
3. Bei dem Kommando "Nimm" darf der Welpe das Leckerchen fressen.
4. Steht der kleine Hund vorher auf und will das Leckerchen fressen, heben Sie dieses auf und verstecken es in Ihrer Hand.

Besonderheit: Der Welpe lernt spielerisch, wie er die Kontrolle über seine Bedürfnisse erlangt.

Profi-Tipp: Welpen lernen schnell. Damit das Spiel nicht langweilig wird, können Sie es nach einiger Zeit mit mehreren, über den Boden verteilten Futterstücken spielen.

4.9.4 Rangelspiel

- ***Schwierigkeitsgrad***: leicht
- ***was wird benötigt***: Leckerchen
- ***wo***: in der Wohnung
- ***Zeit***: 5 Minuten
- ***was wird erreicht***: Kräftemessen, Stärkung der Rudelstruktur

Ablauf:

1. Setzen Sie sich zu Ihrem Hund auf den Boden.
2. Beginnen Sie, spielerisch mit dem Hund zu rangeln.
3. Wichtig: Auch der Hund darf sich zeitweise in der oberen Position befinden.
4. Am Ende des Spiels sind Sie der Gewinner.

Besonderheit: Der Welpe kann seine Kräfte messen. Ihre Position als Rudelführer wird im Spiel bestätigt.

Profi-Tipp: Wird der Welpe zu aufgeregt, beenden Sie das Spiel und entspannen den Hund durch Kuscheleinheiten. Führen Sie Rangelspiele nicht mit Hunden durch, die

Probleme haben, die Rudelstruktur zu akzeptieren.

4.9.5 Schnüffelspiele

- ***Schwierigkeitsgrad:*** mittel
- ***was wird benötigt***: Leckerchen, Laubhaufen, zerknülltes Papier, Äste
- ***wo***: in der Wohnung und im Park oder Wald
- ***Zeit***: 5 Minuten
- ***was wird erreicht***: Konzentration, Förderung des Geruchssinnes

Ablauf:

1. Zeigen Sie dem Hund ein Leckerchen.
2. Werfen Sie das Leckerchen in den Laubhaufen oder zwischen zerknülltes Papier.
3. Der Welpe wird in den Laubhaufen springen und nach dem Leckerchen suchen.
4. Sobald er das Futterstück gefunden hat, darf er es fressen.

Besonderheit: Der Welpe belohnt sich für seine Suche selbst. Das raschelnde Laub oder Papier machen das Spiel zusätzlich interessant, da mehrere Sinne angesprochen werden.

Profi-Tipp: Verwenden Sie am Anfang mehrere Futterstücke, damit der Hund schneller einen Erfolg durch Finden des Leckerchens hat.

4.7 Hundespiele für Profis

Die nachfolgenden Spiele sind eher für ausgewachsene und erfahrene Hundehalter geeignet.

1.7.1 Aufräumen

- ***Schwierigkeitsgrad***: hoch
- ***was wird benötigt***: Hundespielzeug, Leckerchen, Korb oder großer Karton
- ***wo***: in der Wohnung
- ***Zeit:*** 10 Minuten
- ***was wird erreicht***: Konzentration
- ***Voraussetzungen***: der Hund beherrscht Apportieren

Ablauf:

1. Legen Sie ein Spielzeug (Ball) auf die Decke.
2. Fordern Sie den Hund auf, den Ball zu bringen ("Bring den Ball") und diesen in den Korb zu legen.
3. Belohnen Sie den Hund.
4. Wiederholen Sie die Übung mehrmals.

5. Steigern Sie den Schwierigkeitsgrad, indem Sie zwei oder mehr Spielzeuge benutzen.

Besonderheiten: Nach 10 Minuten muss eine Pause eingelegt werden, da sich Ihr Hund nicht länger konzentrieren kann.

Profi-Tipp: Wenn Sie mehrere Spielzeuge benutzen, sollte Ihr Hund diese immer in derselben Reihenfolge einräumen. Ergänzen Sie ein neues Spielzeug, trainieren Sie Ihren Hund erst darauf, den Namen des Spielzeugs zu kennen. Der Schwierigkeitsgrad kann erhöht werden, indem die Spielzeuge auf der Decke anders angeordnet werden.

4.7.2 Memory-Training

- ***Schwierigkeitsgrad***: hoch
- ***was wird benötigt***: Futterstation, Auslöser, Leckerchen
- ***wo***: in der Wohnung
- ***Zeit***: 10 Minuten
- ***was wird erreicht***: Konzentration, Förderung der Intelligenz, Problemlösung

Aufbau:

1. Stellen Sie die gefüllte Futterstation auf den Boden.
2. Stellen Sie den Auslöser neben die Station und zeigen Sie diesen dem Hund.
3. Belohnen Sie den Hund mit Futter, wenn er auf den Auslöser drückt.
4. Hat sich Ihr Hund daran gewöhnt, durch Druck auf den Auslöser Futter zu bekommen, können Sie diesen an anderen Stellen verstecken. Es ist eine Entfernung von bis zu 40 Meter von der Futterstation möglich.
5. Der Hund muss den Auslöser suchen und darauf drücken.

6. Danach fällt Futter aus dem Futterspender.

Profi-Tipp: Erhöhen Sie den Schwierigkeitsgrad, indem Sie den Auslöser an immer wieder neuen Stellen verstecken.

4.7.3 Solitär

- ***Schwierigkeitsgrad***: mittel
- ***was wird benötigt***: Holzkegel auf einer Platte, Leckerchen
- ***wo***: in der Wohnung
- ***Zeit***: 10 Minuten
- ***was wird erreicht***: Konzentration, Geschicklichkeit

Aufbau:

1. Befüllen Sie die Löcher in der Platte mit Leckerchen und setzen Sie die Kegel darauf.
2. Lassen Sie Ihren Hund das Spielzeug untersuchen.
3. Erleichtern Sie die Suche beim ersten Spiel. Zeigen Sie Ihrem Hund die Leckerchen unter den Kegeln.
4. Der Hund wird die Kegel selbstständig hochheben oder umstossen, um die Belohnung zu erhalten.

Profi Tipp: Gestalten Sie das Spiel schwieriger, indem Sie nicht alle Löcher befüllen.

4.7.4 Brick

- ***Schwierigkeitsgrad:*** hoch
- ***was wird benötigt***: Holzspielzeug, Leckerchen
- **wo**: in der Wohnung
- ***Zeit:*** 10 Minuten
- ***was wird erreicht***: Konzentration, Geschicklichkeit

Ablauf:

1. Befüllen Sie die Öffnungen mit Leckerchen.
2. Der Hund muss durch Ausprobieren herausfinden, wie er die darüber liegenden Holzbrettchen verschieben muss, um an die Leckerchen zu gelangen.

Profi-Tipp: Da auch Einzelteile verschoben werden müssen, ist dies ein besonders anspruchsvolles Spiel für Hunde. Durch zusätzliches Anbringen von Klötzchen wird das Spiel erschwert.

4.7.5 Ladenspiel

- ***Schwierigkeitsgrad***: hoch
- ***was wird benötigt***: Holzspielzeug, Leckerchen
- ***wo***: in der Wohnung
- ***Zeit:*** 10 Minuten
- ***was wird erreicht:*** Konzentration, Problemlösung

Aufbau:

1. Legen Sie Leckerchen in die Laden und verschließen Sie diese.
2. Der Hund muss herausfinden, wie er die Laden mit der Schnauze oder der Pfote öffnen kann.
3. Nach Öffnen der Lade darf der Hund die Belohnung fressen.

Profi-Tipp: Spielen Sie Intelligenzspiele nicht jeden Tag, da diese sonst langweilig werden.

4.7.6 Schleckmatte

- ***Schwierigkeitsgrad***: mittel
- ***was wird benötigt***: Matte mit Vertiefungen und Erhöhungen, Futter
- ***wo***: in der Wohnung
- ***Zeit***: 10 Minuten
- ***was wird erreicht***: Konzentration, Geschicklichkeit

Aufbau:

1. Streichen Sie Leberwurst oder Käse auf die Schleckmatte.
2. Legen Sie die Matte vor Ihren Hund.
3. Fordern Sie den Hund auf, das Futter aus der Matte herauszulecken.

Profi-Tipp: Sie können den Schwierigkeitsgrad erhöhen, indem Sie die Schleckmatte nach der Befüllung in das Gefrierfach legen.

4.7.7 Schnüffel-Cube

- ***Schwierigkeitsgrad***: mittel
- ***was wird benötigt***: Schnüffelwürfel, Leckerchen, Duftstoffe
- ***wo***: in der Wohnung
- ***Zeit***: 10 Minuten
- ***was wird erreicht***: Konzentration, Geschicklichkeit

Aufbau:

1. Beduften Sie die einzelnen Teile des Würfels und legen Sie eine Duftspur.
2. Der Hund muss die Einzelteile anhand des Geruchs aufstöbern.
3. Stecken Sie den Würfel zusammen und verstecken Sie diesen.
4. Fordern Sie den Hund auf, den Würfel zu suchen.
5. Hat Ihr Hund den Würfel gefunden, erhält er eine Belohnung.

4.7.8 Quiz-Turm

- ***Schwierigkeitsgrad***: hoch
- ***was wird benötigt***: Quiz-Turm, Leckerchen
- ***wo***: in der Wohnung
- ***Zeit***: 10 Minuten
- ***was wird erreicht***: Konzentration, Problemlösung

Aufbau:

1. Befüllen Sie die Fächer und Vertiefungen des Quiz-Turms mit Futter.
2. Stellen Sie den Turm auf den Boden.
3. Rufen Sie Ihren Hund.
4. Durch Ausprobieren findet der Hund heraus, wie er die Öffnungen freilegen und an die Leckerchen gelangen kann.

Profi-Tipp: Erhöhen Sie den Schwierigkeitsgrad, indem Sie immer mehr Ebenen aufstecken.

4.7.9 Snack-Ei

- ***Schwierigkeitsgrad***: leicht
- ***was wird benötigt***: Snack-Ei, Futter
- ***wo***: in der Wohnung
- ***Zeit***: 10 Minuten
- ***was wird erreicht***: Konzentration, Geschicklichkeit

Aufbau:

1. Befüllen Sie das Gummi-Snack-Ei mit Futter.
2. Legen Sie das Ei auf den Boden.
3. Durch die Form richtet sich das Ei immer wieder auf und springt bei Berührungen durch den Hund unkontrolliert über den Boden.
4. Die Belohnung erfolgt durch Leckerchen, die aus dem Ei fallen.

Profi-Tipp: Durch die unkontrollierten Bewegungen des Eis wird der Jagdtrieb des Hundes geweckt.

4.7.10 Roller-Snack-Ball

- ***Schwierigkeitsgrad***: leicht
- ***was wird benötigt***: Roller-Snack-Ball, Futter
- ***wo***: in der Wohnung
- ***Zeit:*** 10 Minuten
- ***was wird erreicht:*** Konzentration, Geschicklichkeit

Aufbau:

1. Befüllen Sie den Ball mit Käse und verschiedenen Leckerchen.
2. Rollen Sie den Ball über den Boden.
3. Sobald der Hund den Ball drückt, fällt Futter heraus.

Besonderheit: Der Ball ist für Hunde jeder Altersgruppe und Größe geeignet. Er kann durch die gitterförmige Oberfläche leicht mit den Zähnen gefasst werden. Auch kleine Hunde können den Ball gut drücken.

Profi-Tipp: Erhöhen Sie den Schwierigkeitsgrad, indem Sie den Ball einfrieren.

Die perfekte Hundeernährung

Die Ernährung eines Hundes sollte immer auf sein Alter ausgerichtet sein. Junge Hunde machen meistens mehr Bewegung als alte Tiere. Sie benötigen zusätzliche Energie für ihr Wachstum. Welpen sollten bis zu einem Alter von sechs Monaten viermal bis sechsmal täglich gefüttert werden. Bei ausgewachsenen Hunden wird die Tagesration auf zwei Portionen verteilt.

Durch regelmäßige Fütterungszeiten wird nicht nur der Tag strukturiert. Der Körper des Tieres kann sich auf die Nahrungsaufnahme und die Verdauung der Nährstoffe besser einstellen. Die Portionsgröße richtet sich nach Alter, Rasse, Aktivität und Gewicht des Hundes.

Vor allem Welpen benötigen viele Nährstoffe. Da die Knochen noch wachsen, muss die Futterration Kalzium und Phosphor in einem ausgewogenen Verhältnis enthalten. Während des Zahnwechsels benötigt der Hund zusätzliches Kalzium. Für den Aufbau der Muskulatur wird viel Eiweiß

benötigt. Vitamine und Spurenelemente unterstützen den Aufbau des Immunsystems.
Ein Welpe kann gebarft oder mit Feucht- und Trockenfutter gefüttert werden. Für Barf-Rationen werden Muskelfleisch, Innereien, Gemüse, Obst und ein geringer Anteil an Getreide (Reis, Flocken) gemischt. Damit der Hund alle Nährstoffe erhält, wird das Futter noch mit verschiedenen Ölen, Eierschalenmehl und Kräutern angereichert. Lebensmittel, die für Hunde giftig sind, dürfen nicht verwendet werden. Dazu zählen Avocados, Zwiebeln, Knoblauch, Schokolade, große Mengen an Tomaten, Weintrauben und rohe Hülsenfrüchte. Im Handel sind fertige Barf-Rationen erhältlich.
Da die Welpen noch einen empfindlichen Darm besitzen, sollten Futterumstellungen vermieden oder sehr behutsam durchgeführt werden.
Bei erwachsenen Hunden richten sich die Größe und die Zusammensetzung der Futterration nach Körpergewicht und Aktivität. Ein Hund, der täglich viele Stunden läuft oder mit seinem Besitzer Hundesport ausübt, benötigt ein energiereicheres Futter als ein kleiner Hund,

der die meiste Zeit in seinem Körbchen verbringt.

Rezepte für leckeres Hundefutter:

Hühnerfleisch mit Kartoffelpüree und Karotten

Die Kartoffeln werden gekocht und püriert. Die Karotten klein schneiden und unter das Püree mischen. Hühnerfleisch kochen und in Stücke schneiden. Zusätzlich kann noch Hühnermagen, Hühnerhals und Hühnerleber zerkleinert und in das Futter gemischt werden. 1 Teelöffel Leinöl versorgt den Hund mit ungesättigten Fettsäuren. 1 Teelöffel Kokosöl sorgt für ein schönes Fell und steigert die Abwehrkraft des Immunsystems gegen Parasiten. Etwas Hüttenkäse versorgt den Hund mit zusätzlichem Eiweiß und Mineralstoffen. Hüttenkäse ist auch für Hunde, die Laktose nicht vertragen, gut geeignet.

Rindfleisch und Kürbisragout mit Ei und Pilzen

Rindfleisch und Kürbisfleisch in Stücke schneiden und weichkochen. Die Pilze schneiden und mit Öl in der Pfanne rösten, das Ei dazugeben und alles gut durchrösten. Die Futterration mit einigen Stücken Käse und etwas Distelöl ergänzen.

Gekochter Fisch mit Mischgemüse

Die Gräten aus dem Fisch ziehen und die Stücke in Wasser kurz kochen. Brokkoli, Zucchini, Karotten und Spinat kurz kochen und gemeinsam mit grünen Salaten pürieren. Einen Apfel und einige Walnüsse klein schneiden und unter das Futter mischen.

Rindfleisch mit Haferflocken und Gemüse

Rindfleisch, Rinderleber und Pansen klein schneiden. Die Mischung kann roh oder gekocht verwendet werden. Haferflocken in Wasser aufkochen und quellen lassen. Karotten, Zucchini, Spinat, Äpfel kochen und pürieren. Hanföl und Eierschalenmehl unter das Futter mischen.

Gemüse-Obstsalat mit Hühnerrücken

Fleisch und Knochen in Stücke teilen. Nur kurz mit heißem Wasser überbrühen. Äpfel, Melone, Birne, Banane klein schneiden. Karotten reiben. Alle Zutaten mit Leinöl oder Distelöl mischen.

Schlusswort

Sie sind nun am Ende des Buches angelangt. Viele Tipps und Informationen werden Ihnen bei der Erziehung Ihres Hundes helfen. Sie haben sicher auch einiges Neues über Körpersprache, Verhalten Ihres Vierbeiners und dessen Bedürfnisse erfahren. Mit den enthaltenen Tipps können Sie Erziehungsfehler vermeiden. Ihr Hund wird zu einem sicheren und angenehmen Begleiter, der sich in allen Situationen an der Seite seiner Familie aufhalten kann. Sie können das Buch immer wieder als Nachschlagwerk verwenden, wenn bei der Erziehung Ihres Hundes Probleme auftreten oder wenn Sie Ihrem Tier neue Kunststücke beibringen wollen.

Ich bedanke mich bei Ihnen für den Kauf des Buches und für Ihr Interesse an dem Thema. Ich wünsche Ihnen und Ihrem Hund viel Spaß beim Ausprobieren der Übungen und der Spiele.
Benötigen Sie noch mehr Informationen über Spiele, können Sie sich gerne in meinem Buch „100 Hundespiele" weitere Anregungen holen.
Sind Sie noch auf der Suche nach einem besonderen Geschenk für andere Freunde der Hundehaltung? Machen Sie anderen Hundehaltern mit diesem Buch ein besonderes Geschenk und lassen Sie sie an den Informationen teilhaben.
Ich bedanke mich noch einmal dafür, dass Sie das Buch bis zu seinem Ende aufmerksam gelesen haben. Ich hoffe, dass Sie jetzt in der Lage sind, Ihren Hund noch besser zu verstehen.

Rechtliche Impressum

Matthias Sommer wird vertreten durch:

Finn Dubbels
Nagelsweg 22a
20097 Hamburg

Coverbilder
[VectorShow] | [dipositphotos.com]
bearbeitet von oliviaprodesign (Fiverr)

Haftung für externe Links

Das Buch enthält Links zu externen Webseiten Dritter, auf deren Inhalt der Autor keinen Einfluss hat. Deshalb kann für die Inhalte externer Inhalte keine Gewähr übernommen werden. Für die Inhalte der verlinkten Webseiten ist der jeweilige Anbieter oder Betreiber der Webseite verantwortlich. Die verlinkten Seiten wurden zum Zeitpunkt der Verlinkung auf mögliche Rechtsverstöße überprüft. Rechtswidrige Inhalte waren zum Zeitpunkt der Verlinkung nicht erkennbar. Eine permanente inhaltliche Kontrolle der verlinkten Webseiten ist jedoch ohne konkrete Anhaltspunkte einer Rechtsverletzung nicht zumutbar. Bei Bekanntwerden von Rechtsverletzungen werden derartige Links umgehend entfernt.

Printed in Poland
by Amazon Fulfillment
Poland Sp. z o.o., Wrocław

57281729R00066